꼬옥 우리 엄마 닮았지

소통과 힐링의 시 19

꼬옥
우리 엄마 닮았지

최덕희 시집

서시

우리집은 인당갤러리
지나다가 들리세요

누구든지 차 한잔 드립니다
사랑도 듬뿍 넣어 드려요
오늘도 내일도 기다립니다

1부 벌처럼 일하면서
    왕처럼 먹으라고

2부　내가 사랑하는 것은
나를 찾아 떠나는 것이라네

3부 흰 구름이 따라오며
같이 놀자고 해요

5부 나도 살고 싶어
어제 약 한 봉지 먹었지

1부

벌처럼 일하면서
왕처럼 먹으리고

겸상

먹이만 있으면
<u>꼬꼬 꼬꼬</u>
새끼들 부르지

겸상 아니면 먹지 않는
암탉 가족
꼬옥 우리 엄마 닮았지

두레상

와왕 와왕
맛있게 먹으라고
왕처럼 먹으라고

꽃 한 송이 떨어졌다
벌가족 모여
두레상 차렸다

와왕 왕
벌처럼 일하면서
왕처럼 먹으라고
두레상 차리던 엄마처럼
와앙 왕 왕 왕

어머니 밥상

때가 되면
밥상 차려 놓으시고
뒷동산 향해
목청 높여
우리 형제 부르시는
어머니

꼬꼬 꼬꼬
엄마 암탉
보리 수수 쌀겨
한 상 가득 차려 놓고
병아리 부른다
꼬꼬 꼬꼬

옥수수

할아버지 댁 옥수수밭
처음엔 애기 같더니
비 온 후엔
내 키만큼 컸어요
다음엔 언니 키만큼 클 거예요

할아버지 발자국 소리만 듣고도
쑥쑥 큰대요
나만큼 할아버질 좋아 하나 봐요
나는 기침소리만 듣고도
할아버질 알아채지요

땡감

마당 끝 대문 옆
주황색 감이 주렁주렁
우리 애기 지날 때마다
달라고 칭얼칭얼

할머니 안쓰러워 투욱 따신다
애기 한 입 물고
퉤퉤 으앙
떫은 맛 확실히 알았겠지

백 마디 말보다
경험 한 번 시켜주느라
애기 울린
할머니 마음도 떫다

할머니 알밤

뒷산 다람쥐바위 밑
툭툭 알밤
할머니 부르는 소리
손주 생각하시며
풍족한 미소

한 바구니 가득
올 겨울
손주 녀석
떼쓰는 버릇 없어 지겠지

작은 것 하나라도
알뜰히 챙기는 겨울준비
세상이 온통 기쁨인
할머니의 넘치는 사랑

나이떡

음력 이월 초하루
새벽부터 할머니는
송편을 찌셨지

참기름 발라 놓은 떡그릇
고소한 냄새 집안 가득했지

나이 숫자대로 떡을 먹는 날이라고
접시를 주시며 담으라고 하셨지
열 개 담는 것이 마음에 차지 않아
시집 안 간 서른 살 이모 부러워도 했지
동생은 할머니 몰래 두 개 더 담았지
할아버지떡 칠십 개를 어떻게 담아야 하나
걱정하기도 했지

사라진 풍습
함께 살았던 가족들이 그립다

쌀밥
― 대물림1

할머니는 오늘도
쌀밥을 퍼서 따로 두신다
누가 건드릴까 봐
가끔 확인도 하신다

손주 입에만 넣어주시는 쌀밥
많이 먹고 얼른 커서
훌륭한 사람 되라고
정성도 함께 넣어주신다

어른이 된 손주는
어느 새
할머니가 되어
쌀밥 챙기는 마음으로
손주 바보 흐흐흐흐

계란찜
― 대물림2

할아버지 진짓상엔
계란찜이 있었지

엄마는 왜 계란찜을
할아버지 진짓상에만 놓았을까

이제야 알게 된
계란찜 지글지글

봄바람

할머니의 고무신
겨우내 마루 끝에서
기다리고 있었지

모진 눈보라
휘몰아칠 때도
소한 대한 지나쳐도
기다림은 그대로였지

먼 산 아지랑이 피던 날
가늘어진 눈가에
기다림은 설렘으로 부풀었지

구부러진 등허리에
거친 손 다독이며
할머니는
고무신을 만지셨지

그리곤
하이얀 바람
껴안고
봄색시가 되었지

진달래 화전

꽃같이만 예쁘게 살아라
꽃같이만 아름답게 살아라

어미의 소원 담으며
한 잎 한 잎
사랑의 기쁨 담아
딸들의
행복도 함께

꽃같이만 예쁘게 살아라
꽃같이만 아름답게 살아라

어머니의 가을

가을이면 곱게 물든 단풍과
언제나 단정하셨던 어머님을
머리에 이고 다닙니다

단풍은 저렇게 예쁘게 늙는데
인간은 왜 그리 추하게 늙는지
어머니는 말씀하셨습니다

가을 여행을 좋아 하셨지요
단풍구경 가시면 눈을 떼지 못하시고
좋아라 좋아라 하시더니

초가을이 시작될 때
어머니는 단풍처럼
아름다운 생을 수놓으셨습니다

가을이면 곱게 물든 단풍과
언제나 단정하셨던 어머님을
머리에 이고 다닙니다

아버지 말씀

"아무 소리 하지 말아라."
때마다 답답했던 그 한 말씀

아버지, 저 사람은 왜 일을 저렇게 해요
왜 저 사람은 저런 말을 해요
나 억울해서 저 사람하고 싸울 거야

그때마다 아버지 말씀
"아무 소리 하지 말아라."
답답했던 그 한 말씀
이제야 알겠습니다

아버지를 더욱 더
그리워하는
이유입니다

장화

비 오는 날 댓돌 위
아버지의 한생
장터에서
보았네

머언 시간이
흐른 뒤에도
아버지의 장화는
댓돌 위에 있었네

한참을 잊었던
아버지
가슴 깊이
끌어안고 있었네

오디

길 지나다
설익은 오디 하나
누가 볼세라
툭 따서 입에 넣는다
덜 익어 맛은 없지만
빨리 먹고 싶은 욕심
훤히 보고 계신 아버지
나무라신다

그런 야단
다시 맞아 볼 수 있을까

걸음마처럼

아가 손에 쥐어준 숟가락
입에 넣으려면
밥은 바닥에 떨어지고
빈 숟가락만 입에 들어가요

엄마 한번 보고 빈 숟가락 물고
형아 한번 보고는 그만 울지요
얼마나 연습을 더 해야 할까요
걸음마처럼

할머니 담장

나뭇가지 주렁주렁
전깃줄도 주렁주렁
우리 아빠 팔뚝 같은
쑤세미 쑤세미
옆집 언니 시집갈 때
같이 가려나 봐요

조롱박 조롱조롱
개장 위에 조롱조롱
귀여운 우리 애기 장난감
조롱박 조롱박
옆집 언니 시집갈 때
따라 가려나 봐요

정월대보름

어느 해 대보름날
언니와 땅콩 더 먹으려고
싸움했지
저녁에 우리 언니 시집이나
빨리 가게 해 달라고
달님에게 빌었지

그런 언니
지금 곁에 있으면 좋겠네
좋겠네

예쁜 손주

안 보면 보고 싶어 데려오고
오면 힘들어 아이구 아이구

보내고 나면 편한데
조금 지나 또 보고 싶고

참을 수 없어 데려오면
뒤돌아 아이구 아이구

체험

햇빛 뜨거운 여름날
엄마는 장독을 열어 놓으셨지
외출하시는 사이
소낙비가 헤살부렸지

전화도 없는 그때
숨이 턱에 차도록
뛰어들어 오신 엄마는
물에 찬 장독을 덮으시며 한숨

아무것도 모르고 뜨개질만 했던
나는 너무도 죄송했지
일 년 먹어야 할 고추장
어쩌나

고추장 항아리
그 후로
비
맞아 본 적 없었지

박꽃

개장 위엔
하얀 박꽃이 피어 있다

보는 이 없는 밤에
나 좀 봐달라고

밤새워 피다가
하얗게 되었나

새벽 이슬
함초롬
곱디 고운 너

배추장사

해가 넘어간다
"배추 사쇼, 배추!"
탁한 목소리
별 하나 삼킨다

남아 있는
리어카 배추들
까만 하늘
별들과 바꾸었으면

별똥이 떨어진다
잠시 숨을 고르는
배추장수 할배의 눈빛으로
밤을 껴안은
깊은 숨소리

전봇대

전깃줄 따라가면
마을이 나온다
먼 산등성이 너머
외할머니댁까지
곧은 길이 보인다

어디든지 이어있는
전봇대
나는 전봇대 바라보는 것을
좋아한다
그곳엔 사람이 산다

돌댕이골

이보다 더 좋은 피서지 있을까
중복 더위 땡볕 풀밭으로
휴가 가는 닭들
흙 속 파고 엎드린다

삶은 계란 싸가지고
어제 휴가 떠난 딸들
집 나가봐야 고생이다
비웃기라도 하듯

돌댕이 우리집

텃밭 가꾸고 나무 심으며
새소리 듣고
하늘 보며 살고 싶던 집

오랫동안 꿈꾸어 오던 집이
어언 이십 년이 되었네
손가락만 하던 나무들은
집보다 훨씬 커지고
정원도 이제 정리되었네

산새들 지저귀고
계곡에 물고기 하늘하늘
닭들은 알을 낳고 꼬꼬댁
집을 지키는 강아지들
멍멍 멍멍

손주들 뛰어 놀고
가족사랑 듬뿍 주고 받으며
편안한 삶 되었으니
더 무엇을 바랄까

우리집 행복 지킴이

백설공주와 일곱 난쟁이 살고 있다네
정원 바윗돌 위
필리핀에서 등에 업고 온 공주
소중하게 모셔 놓았지

다음에 또 가서 일곱 난쟁이 업고 왔지
멀리서 온 가족들 너무 예뻐서
겨울이면 추울까 봐 집안에 들여놓고
봄이면 다시 정원으로 모셨지

십여 년을 같이 살았다네
식구들과 손님들의 귀여움 차지했지
동화 속 백설공주만큼 행복하다네
손주들도 오면 먼저 반긴다네

정원 한 켠에서
우리집 행복을 지키고 있다네

2부

내가 사랑하는 것은
나를 찾아 떠나는 것이라네

내가 사랑하는 것은

내가 사랑하는 것은 떠나는 것이라네
눈 감으면 저 산 너머 흰 구름이 보였지
눈 뜨면 그곳을 가리라 다짐했지
못 가면 또 가리라 마음 먹었지
그곳에는
내가 사랑하는 여행이 손짓한다네
내일도 사랑 찾아 그곳을 가려 하네
내가 사랑하는 것은
나를 찾아 떠나는 것이라네

민들레 홀씨

꽃씨는
바람결에 여행을 한다

형은 나비 타고 둥둥
동생은 가랑잎 타고 동동

세상 구경도 한철
정처 없는
외로움에

하도 그리워
반겨줄 보금자리
꿈을 꿉니다

여행

땅 냄새 어디나 같은 것을
이리 싸우고 저리 싸워도
하늘 한번 쳐다보면
그만인 것을

이국의 낯설음도
낯익음으로 다가오니
저 멀리 구름 보며
나 있을 곳 밟아 본다

구름아

비행기 손님 모시고
외국 갔다 왔니?
포근포근 구름 헤치며
달나라 갔다 왔니?

어제는 하얀 천사옷 입고
마음껏 하늘을 날더니
오늘은 잿빛옷 입고
촉촉이 대지를 적시네

구름이 내려다 봅니다

구름이 내려다 봅니다
구름은 넓은 세상을 내려다 봅니다

안 보일 듯 보이는 땅위에 사람들
웃는 사람 슬픈 사람 솟은 나무 굽은 나무
해를 보는 해바라기 그늘에 자라는 이끼들
모두모두 함께 살고 있네요

아름다운 우리의 삶을
구름이 보고 있네요
구름이 미소 지으며 내려다 봅니다
그저 기쁘게 내려다 봅니다

하늘도 구름을 안아 줍니다
모두의 행복입니다

구름이 내려다 봅니다
구름은 넓은 세상을 내려다 봅니다

가을 나들이

저 멀리 날아간다
가지에서 하늘하늘

산등성이 앉는다
날개짓 하며
바람 타고 남실남실

여기도 이렇게 예쁜데
떡갈잎은
궁시렁 궁시렁

니들이 나들이 맛을 알아?
단풍잎 은행잎
간드렁 간드렁

점점 더 멀리 가고픈
이내 심정을

이맘때면 앓게 되는
나들이라는 병

항구

설레인다 기다리는 이 없어도
낯선 곳의 첫걸음 뱃고동 소리는
이방인을 반기듯 가슴을 울리고

내일이면 떠날 것을
아는 듯 모르는 듯
허공을 향해 가쁜 숨을 몰아쉰다

날개짓으로 받아준 갈매기의 첫사랑
푸른 빛 바다보다 진한 애틋함
잊을 수 없는 짝사랑이 발길을 잡는 밤

저 멀리 보이는 까만 밤의 별빛
가까스로 밤을 밝히는
별빛 하나

진작부터 알고 있었다
낯설지 않음의 우리는 하나라는 것을
머물고 싶어도 떠나야 하는
여행객의 진한 연가

추석처럼

하늘이 높아지면
기분이 저절로 좋아지는 것은
나의 가을 병의 시작이다

무엇이든 아름답게 보이고
어딘가 돌아다녀야 하는
들뜬 마음의 병

어린 날의 즐거운 추석처럼
둥근 달덩이처럼
행복한 삶이

모두 내 것이라고
세상에게 떠든다
떠든다

부둣가

조그만 포구
밀물이 휘돌아 오면
만선의 배들은 저마다
희망을 품는다

웅성이는 삶의 소리
밤새 그물 당기던 고단을 잊고
길가에 늘어선
벚나무 단풍나무
말없이 미소 짓는다

아름다움만이 주는
환희의 소망
사랑받던
한 소녀의 꿈처럼
조그만 포구가 술렁인다

갈대

소래포구
생태공원 갈대나무
계절을 타는
몸짓으로
아스락 아스락

해풍에 감겨진
새색시 치마폭처럼
고운 물결 바람을 좇는다
수줍은 듯 수줍은 듯
아스락 아스락

겨울 꿈 보듬으며
눈 맞을 준비
여리면서 강단진
아낙처럼
아스락 아스락

무의도

1.
간조의 바다는
보물의 땅을 자랑한다
생굴은 가치의 위용을 뽐내며
물 속 바위에 붙어
낮은 자세의 삶을 빛낸다

달의 위력은
태고적부터 그랬듯이
철칙을 안고
변함없는 인고는
자연 앞에 겸손하다

2.
작은 섬에는 구멍가게 젊은이가 있다
외국인한테 넘어가는 게 싫어서
사재를 털어 관리한다는 사람
섬을 지키기 위해
바위에 착 달라붙은
생굴 자체가 된 사람
그는 또 얼마나 인고를 해야 하나

섬이 일깨워주는 인고의 자세
파도치는 바위에 갈매기 소리 젖어든다

왜목마을

해돋이를 보려면 동해로 가고
지는 것을 보려면 서해로 가지만
둘 다 보고 싶을 땐
이 마을로 오곤 하지
동해와 서해를 모두 갖춘 마을

엄마 갈매기
아침밥 짓느라 치륵 치륵
아빠 갈매기
고기 반찬 만들며 뽀륵 뽀륵
동해를 펼쳐주고

귀향하는 고깃배 토옹토옹
바다의 숨소리 처얼처얼
사람들 삶의 소리 펼쳐주는
바닷가
포근히 감싸는 마을

공항

먼 곳이 멀지 않은 듯
환희의 찬 발걸음
가볍다

여행이 시작되는 곳
이방인들의 미소는
저마다의 행복을
간직하며 흘러간다

가는 이 오는 이
지구를 돌듯
즐겁고 바쁘게
계속되는 행진

저 백인은 어디를 가는 걸까
저 흑인은
고향이 어디일까
사람마다 궁금한 뒷모습

사는 것이 같으련만
미소로 소통하는 하늘 길
마음 설레는 푸른빛 찬가
분주히 구름 속을 걷는다

라오스 시골학교에서

준다는 것은
도움을 받았기 때문에
할 수 있는 것이다

가난은 죄가 아니므로
도움은 잠시
빌리는 것

없다 해도 없는 게 아니고
있다 해도 있는 게 아니니
삼만 리 인연만이 소중할 뿐이네

라오스 동자승

세상을 밝히라고
황금 옷을 입혔나요
바랑 하나 짊어진 어깨

맨발로 다져진
발자욱의 힘
숭고한 인내

펄럭이는
소매자락
미래를 담고

사뿐 걸음은
삶의
작은 시작

운남성 위상

속속들이 파헤치지 못하고
겉만 알던 오만함이 민망하다
가는 곳마다 웅장함과
경관이 부럽기만 한 곳

윈난성 오지마을

저 너머엔
순수한 맑음이 있다

한걸음 헐떡이며 찾아가는
하늘 아래 높은 마을
사람이 그리운 조그만 마을에
이방인이 찾아든다

호기심과 두려움
신일까
사람일까
서로 눈을 깜빡이며
주시하는 눈동자

맑은 눈을 가진 아이들과
때 묻지 않은 사람들
가족처럼 정겹다

소수민족

조상의 얼 떨치지 못해
무거운 모자 속
숭고라는 이름으로
자손에게 관습을 잇기 위해
오늘도 한올 한올
바늘귀에 정성을 쏟는다

관을 씌우듯
머리 위에 한 치장 둘러주고
물건 하나 팔기 위해
분장한 미소 화려한
치마폭 속에 감춰진
전통의 굴레

아프리카 목각 기린
— 인당갤러리1

듣기만 했던 짐바브웨이
무척 신비로웠지
키 큰 네가 눈에 띄었지

말은 통하지 않지만 인상 좋은
검은 피부 아저씨에게 건네 받았지

하얀 이빨 웃어주던 아저씨들
사고 또 사고

인심 좋은 그곳
언젠간 풍족한 마을 되겠지

짚으로 만든 방석
― 인당갤러리2

거대한 히말라야 등줄기
네팔의 아침은 눈이 부셨지
새벽시장 와글거림은
내 고향 이천 장날과 같고
우리 할아버지 닮은
노인네 손재주

어릴 적 가지고 놀던 짚방석
할머니 마당에 앉을 때면
언제나 챙겼던 짚방석
예쁘게 자리 잡고 있었지

이천 원짜리 천 원에 살 때는 좋았는데
보고 또 볼 때마다 나에겐 천 원이지만
그 분에겐 만 원보다 더 가치가 있었을 텐데
왜 그때는 깎으려만 했을까
후회하며 할아버지 생각
미안해하며 방석 만지작
네팔의 할아버지 끌어 안는다

통가리로 산

지금도 움직이는 활화산
타버린 돌멩이와
잔돌 틈 사이 어석어석
부대끼는 소리는
차라리 생의 몸부림이었으리
여기는 뉴질랜드 새로운 희망의 땅
봄과 가을의 정반대 계절을 따라
트래킹으로 찾아온 정상
뜨겁게 살아남은 세 곳의 호수
아름다움의 극치였지
고운 빛깔 호수 속에는
청색 보석이라도 숨겨 놓은 듯
자연이 빚은 최고의
신비를 품고 있구나

뉴질랜드의 별

어렸을 적 밤하늘 함께 하던 별
한참을 안 보이더니
아하
여기로 이사왔구나

별 식구들 모두 밀포드에 모였네
북두칠성 여전히 일곱 식구
반짝반짝 밝은 별
오리온 그 자리
역시 초롱초롱 밤하늘 지키네

전깃불 없는 산중을 지키러
이 마을 찾아왔느냐
금방 쏟아져 내릴 것 같은 은하수
어렸을 적 마당에 누워 밤하늘 볼 때
도란도란 할머니
은하수가 입에 닿을 때쯤이면
햅쌀 먹을 때라 하셨는데
여기도 입 위에 마주 닿는 걸 보니
이 마을도 햅쌀 먹을 때가 되었나 보다

어릴 때 보고 이제 보니
한없이 반갑구나
큰 가방에 가득 담아 가져가고 싶구나

두바이

사막의 꿈은 고고하다
드높은 빌딩의 위엄은
불가능을 가능으로 만드는
인간의 끝없는 의지

모랫바람 부딪히는 빌딩벽은
사막에 뿌리내린 조상의
얼과 혼
강한 힘을 자랑한다

그칠 줄 모르는 의지와
자연을 극복하는 정신으로
신화를 낳고 낳는다

오늘도 두바이는
하늘을 향해 비상한다

필리핀 솔베이지

지금도 필리핀 시골에 사는 제니는
육십이 다 되었지만
사랑하는 사람을 기다리고 있다
현대판 로미오와 줄리엣이라고 한다
제니 엄마는 대백작집 찬모였다
백작집 아들인 그는
미국유학을 떠나고 지금까지 그 곳에 있다
그도 아직 결혼은 안 하고 서로 그리워만 한다

감히 결혼 이야기는 꺼내지도 못하고
하늘만 바라보며 사는 제니
지금은 고백해도 될 텐데
주위 사람들만 안타깝다

세월이 변했는데도
그들은 여전히 제자리다
솔베이지는 백발이 되었을 때
사랑을 만나
행복을 이루었지만
제니의 사랑은
언제 이루어지려나

와디럼의 일출

여기는 요르단
붉은 사막의
와디럼

먼동이 튼다
신비의 빛이
찬란한 아침을 껴안는다

가슴 속 밀려오는 참 빛 막을 수 없어
하늘을 환호하는 무언의 외침
지구를 향한 최고의 환대

빛속으로 녹아드는
현란한 밤의 후유증
과분한 인사의 환희

내일을 잊자
오늘을 잊자
어제도 잊자

만족하는
짜릿함
품으며 품으며

사해

둥둥 떠서 하늘을 보니
온 세상이
둥둥 둥둥

이스라엘과 요르단에 걸쳐 있는
소금호수
염분이 높아
아무 생물이 살 수 없는 바다
물이 짜다 못해 쓰다

어린시절 학교에서 배웠던 사해
물 위에 떠서 책을 읽고 있는
그림을 보았던 기억이 난다
꿈이 현실로 된 것은
잘 사는 나라 덕분

둥둥 떠서 하늘을 보니
온 세상이
둥둥 둥둥

3부

흰 구름이 따라오며
같이 놀자고 해요

산딸기

누가 볼까 숨어 있어요
주인이 지나가도
인사할 줄 모르고
얼굴 붉히며

어느 날
한껏 붉어진 채
들키고 말았어요
그래서
더욱 빨개졌어요

낮달맞이꽃

어젯밤 집에 못 간
달님이
아직 하늘에 있어
가지 않고 머물렀대요

하얀 달님도
예쁜 미소 보려고
집엘 안 갔나 봐요
서로 보고 웃고 있어요
수줍어서 웃고만 있어요

병아리

비비적 비비적
바지런 바지런
땅 위에 붙여 앉아
알 낳는 연습 하나 보다

저러면서
엄마 닮아가겠죠

행복한 가족

엄마는 밥을 하시고
우리는 식탁에서
준비하지요

아빠는 반찬 만들고
동생은 국 끓이고

나도 얼른 커서
아빠처럼 맛있는
요리하고 싶어요

도마소리

닥닥닥닥 닥닥닥닥
엄마는 요술쟁이
무 하나로
다섯 가지 요리를 만들어요

무나물 무국 깍두기
무생채 무나물밥

언제나 맛있지요
아빠는 매일매일
집밥이 맛있다고 하세요

닥닥닥닥
오늘은 무슨 반찬이 나올까
닥닥닥닥

숙제

삑삑이풀 한 잎 따서
형과 피리를 불었어요
형은 삑삑 삑삑
나는 픽픽 픽픽

나중에 형 몰래
나도 삑삑 삑삑
불어 볼래요

또 가고 싶어요

할머니댁 가는 전철
빨리도 가지요
아빠 자동차보다
훨씬 빨라요

고추밭 옥수수밭
터널도 지나요

빠르고 재미있는
전철길
할머니집은
이천 전철역

튀김

바삭바삭
나는 깻잎
하얀 드레스 걸치고
청자 접시 위에
자리 잡았지

와아
어린 친구들
맛있다고 나만 집어가네
기분 짱

깻잎 짱아찌
싫다고 보지도 않더니
변신은
때론
반전의 매력
바삭바삭

살살이

사알살 시냇물이
어디를 가는 걸까
물고기랑 수영하더니
금세 소금쟁이랑
숨바꼭질 하러 가나

콧노래 부르며
온 동네 친구 찾아
바쁜 걸 보니
친구도 많은가 봐요

호기심도 많아요
산골 마을이 답답한지
엄마 몰래
큰 강으로 놀러도 가요

물놀이

누워서 보트 타면
흰구름이 따라오며
같이 놀자고 해요
기차도 되고 토끼 강아지
변신 놀이 즐기며
웃고 있어요

파란 하늘이
빙글빙글 돌면서
재미 있대요
하늘에도
물놀이가 있나 봐요

이사 간 친구

자는데
자꾸만 생각이 나서
눈물이 났어요

숙제할 때도
점심 먹을 때도
생각이 나요

먼 달나라로
간 것도 아닌데
그리움이
이런 건가요?

외갓집

할머니의 마음에는
언제나 달걀이 있어요
암탉이 매일매일 낳는데요

달걀 꺼내는 일이
너무 재미 있어요
한 알 두 알 모아서
나눠 주는 재미도
너무 좋아요

일요일이면
할머니는 우리를 위해
달걀을 안 꺼내신대요

하늘

심술궂은 바람이
염소구름 숨기더니
강아지 구름도
찾을 수가 없네요

삼형제 구름도
한참 동안 없는 걸 보니
점심 먹으러 갔나 봐요

남은 구름 심심한지
저 쪽 하늘 양털 위에서
포근포근 이불놀이 하네요

구름 대장 파란 하늘은
요술쟁이

소낙비

노란 우산 쓰고
지나가는 친구
무슨 생각을 할까
빵 먹고 싶은 생각
빨간 우산 쓴 친구는
숙제하는 생각을 할까

나는요
들일 나가신 우리 아빠
비 쫄딱 맞고 오실까 봐
하늘만 흘겨봐요

이천역 가는 길

전철 타고
할머니댁 가요
어떤 사람은 자고
어떤 사람은 먼 산을 보지요

구름도 보이고 나무도 보이고
도자기 벼도 보이고
넓은 고구마밭도 보여요
하지만 하지만
나는 나는 온통
할머니 생각뿐이에요

곱슬 뻐들 뺀질

할머니 머리는 뽀글뽀글
할아버지는 삐쭉삐쭉
누나는 곱슬곱슬
뽀글뽀글 삐쭉삐쭉 곱슬곱슬
우리 가족 머리는 재미있지요

엄마의 머리는 굽실굽실
아빠는 뻐들뻐들
나는야 뺀질뺀질
굽실굽실 뻐들뻐들 뺀질뺀질
우리 가족 머리는 재미있지요

선풍기

추울 땐
못 본 척하더니
여름이면
마주 보고 웃음 주지요

선풍기는 너무 착해서
빙글 빙글
쉬지 않고 일을 해줘요

휴가 갈 때
같이 가고 싶지만
선풍기의
휴가는
겨울이래요

구름아 너는

너는 좋겠다
파란 하늘 둥실 떠다니며
온 세상 볼 수 있으니

너는 좋겠다
낮이면
해님과 소꿉놀이
밤이면
별님과 꿈나라
여행할 수 있으니

나랑은
언제 놀아줄래?

시골 할아버지

할아버지
신발 끌리는 소리에
나도 따라
일찍 일어 났어요

지팡이와 함께 걷는
할아버지의 굽은 등
마을 앞 산등성이 마냥
무거워 보여요

콩밭 콩잎도
할아버지 발소리에
일찍 일어나요

깍깍깍 까치소리
좋은 소식 기다리며
대문 앞 바라보시는
시골 할아버지

새 식구

강아지 재운다고
누나가 토닥토닥
동생도 토닥토닥
어린 강아지 사랑을 아는가 봐요
꼬리를 흔들흔들
끄으응 끄으응 어리광
잔디밭에 뒹굴뒹굴
안아 달라고 낑낑
어제 온 우리집 귀염둥이
가족들 모두 모여
강아지 재롱 보며
하하 호호

시골 할아버지

할아버지
신발 끌리는 소리에
나도 따라
일찍 일어 났어요

지팡이와 함께 걷는
할아버지의 굽은 등
마을 앞 산등성이 마냥
무거워 보여요

콩밭 콩잎도
할아버지 발소리에
일찍 일어나요

깍깍깍 까치소리
좋은 소식 기다리며
대문 앞 바라보시는
시골 할아버지

새 식구

강아지 재운다고
누나가 토닥토닥
동생도 토닥토닥
어린 강아지 사랑을 아는가 봐요
꼬리를 흔들흔들
끄으응 끄으응 어리광
잔디밭에 뒹굴뒹굴
안아 달라고 낑낑
어제 온 우리집 귀염둥이
가족들 모두 모여
강아지 재롱 보며
하하 호호

시골 할아버지

할아버지
신발 끌리는 소리에
나도 따라
일찍 일어 났어요

지팡이와 함께 걷는
할아버지의 굽은 등
마을 앞 산등성이 마냥
무거워 보여요

콩밭 콩잎도
할아버지 발소리에
일찍 일어나요

깍깍깍 까치소리
좋은 소식 기다리며
대문 앞 바라보시는
시골 할아버지

새 식구

강아지 재운다고
누나가 토닥토닥
동생도 토닥토닥
어린 강아지 사랑을 아는가 봐요
꼬리를 흔들흔들
끄으응 끄으응 어리광
잔디밭에 뒹굴뒹굴
안아 달라고 낑낑
어제 온 우리집 귀염둥이
가족들 모두 모여
강아지 재롱 보며
하하 호호

시골 할아버지

할아버지
신발 끌리는 소리에
나도 따라
일찍 일어 났어요

지팡이와 함께 걷는
할아버지의 굽은 등
마을 앞 산등성이 마냥
무거워 보여요

콩밭 콩잎도
할아버지 발소리에
일찍 일어나요

깍깍깍 까치소리
좋은 소식 기다리며
대문 앞 바라보시는
시골 할아버지

새 식구

강아지 재운다고
누나가 토닥토닥
동생도 토닥토닥
어린 강아지 사랑을 아는가 봐요
꼬리를 흔들흔들
끄으응 끄으응 어리광
잔디밭에 뒹굴뒹굴
안아 달라고 낑낑
어제 온 우리집 귀염둥이
가족들 모두 모여
강아지 재롱 보며
하하 호호

별밤

포근한 내 이불
엄마 품 속 같아요

더풀 더풀
동생과 덮고서
엄마 놀이 하지요

별들도 이불 속
같이 놀자고 해요

송사리

엄마 좇아 졸방졸방
하늘 보고 뻐끔뻐끔

친구들과 물장구 치며
살방살방

구름도 귀여워서 한참을 머문다
너와 같이 천진스레
세상 즐기면 좋겠네

애기 고라니

애기 고라니
풀숲에 웅크리고 앉아
슬픈 눈으로
먼 산 보고 있어요

돌아온 엄마 보고
펄쩍펄쩍 뛰어요
엄마 품 속에서 비비적
너무 좋아요

나도 그래요

시계

빨리 학교 가야지

저 시계
십 분 더 가요

학교 가기 싫은 날은
시계도
뒤죽박죽이었으면 좋겠지

가방 메고 학교 가는 아들
뒷모습 보며
엄마는 미소짓는다

시계는 여전히
재촉 재촉

안개

산이 보인다
안 보인다
보인다

요술을 부리듯
바람과 짝이 되어
하늘과 땅을 뒤집어 놓는다

가끔은
숨기고 싶은 게 있나 보다
감춰주고 싶은 게 있나 보다

우체부

오지 않는 기다림
그리움이 앙금으로
허공을 헤집는데

자전거와 스쳐가는 그림자
대문 뒤에서 넘겨보는
애달픔

편지는 오지 않고
당신은 매일 오는데
차라리
그대가 애인이었으면
좋겠어요

4부

무슨 꿈을 가졌을까
보조개 핀 미소에

흰머리

감추고 싶어도
감출 수 없어
반짝반짝 빛난다고
자랑이나 하련다
내 한 생의 선물

겨울비

때가 아니면 어때요
질근질근
어서 오세요

아랫목
따뜻한 이불 속
우리 형제 발 묻고
자리 싸움 하던 소리

자잘자잘
엄마 잔소리 같아
그리웠답니다

찔레꽃

행복의 미소를 보낸다
내게는 오롯이
오월의 신부인 너에게

애써 찾는 이 없어도 스스로
하이얀 부케 드리우고
열망의 순정을 품고
오월의 볕을 안고
사랑의 열매 만들고 있구나

사람들은 너에게
고독이란 꽃말을 줬지만
내게는 그 고독조차 아름다워라

오랜 향기 간직하고픈 너
다소곳이 기도하는
그 맑은 햇살이
아름답구나

코스모스

한 송이 따서
친구의 하얀 교복에
꽃 모양 새기려고
어깨에 내리친다

곱게 물든 코스모스 한 송이
어깨에 달고 다닌 그때
가을 하늘도 함께 따라다녔지

학창시절 초가을
눈만 마주쳐도 깔깔대던
해맑은 소녀들의 햇살이었지

꽃 페추니어

개미도 스쳐가지 못하고
화려함에 넋이 나가
지켜만 보는

나비는 차마 앉지 못해
어쩌나 어쩌나
맴도는 한낮

오늘 따라 발길 잡는
뜰 앞 황홀함에
첫사랑으로 맴돌다

늦깎이 색소폰

너의 소리는 슬프다
까만 밤 울려 퍼지는 전율이
숨은 마음 한 켠에서
속삭이는 열망

간직할 수만은 없어
열정을 내민다
슬픔이 슬픔이 아니어서
마음 두들기는 애틋함

향수처럼 붙어 다니는
불멸의 끈질김이
그 사랑 받고부터
열병은 잠들고

어찌 할 수 없는
사랑 싸움
그래도
희망을 주곤 하지

내 나이 다섯 살에
— 사집첩1

색동 치마저고리 입고
사촌 언니 손잡고
돌담 밑에서
처음 사진 찍던 날

곱디고운 얼굴에
비단결 예쁨만이
함빡 피었네

시골애기
무슨 꿈을 가졌을까
보조개 핀 미소에
사랑만이 그윽한데

육십 년 세월이
이리도 빠른 것이
꿈만 같으네

떡놀이
— 사진첩2

뒷동산 진흙터에
동네 친구들 모여
흙떡 만들며 자주 놀았지

솜씨 뽐내며
쌀겨 발라 놓은 떡
진짜 같았지

이웃집에 떡 가져 왔다고 돌리다 들켜
산으로 도망치며 떨고 있었지
엄마한테 혼날까 봐
어스름 몰래 집에 돌아와
방구석에 숨어 있었지

엄마는
다 알고 있었지

초여름의 눈물
— 사진첩3

엄마의 죽음은
천지가 흔들리는 충격이었지
화산이 터지는 아픔으로
가슴을 찢어 놓았지

엄마 마음 알 즈음
서러워 서러워
초여름 햇살 받은 나뭇잎도
흐느끼듯 흔들렸지

꽃상여 앞에 통곡은
가녀린 몸짓일 뿐
돌아가는 운명은
냉정하기만 했지

엿강정
— 사진첩4

할머니 엿강정 만드실 때
부엌 자주 들락였지
기다려도 기다려도
엿은 안 나오고
매운 연기 쏘이며 눈물 흘렸지

하얀 행주치마
할머니 생각하며
만든 강정

왜 맛이 다를까
맛이
다른 세월
그 시간 함께여야
같아지려나

건빵 노점을 보며
― 사진첩6

순이 오빠 군대 가는 날
동네 사람 모두 나와
가족처럼 배웅했지

순이는
오빠가 휴가 오면
건빵 가져 온다고
좋아라 뛰었지

오빠가 없는
나는
무척 부러웠지

해질 무렵
뒤뜰에서 굴뚝 잡고
꺼이꺼이 우는
순이 엄마를 보았지

설날 무렵
― 사진첩7

동네 방앗간
가래떡 뽑는 날
동네 아이들
좋아라 쫄래쫄래

시루가 식으면
떡이 잘 안 나온다고
담요로 꽁꽁 애지중지
지게에 짊어진 아버지

그 아버지 사랑 길게 뽑아지면
너도 나도 달라붙어
도란도란 피어올리던
세상의 둘도 없던
그 맛

나그네

옆집 영이
부부싸움 하고
친정 나들이

엄마 아빠 눈치
강아지 눈치
내 집만 못하더라

아이들 손잡고
지나가는 가족
부러워 부러워

눈물 멈추려 하늘 보고
바람 따라 설렁설렁
애꿎은 돌부리만 차다

대문 안 살짝
아이들 반가움에
눈물만 가득

골목길

파란 대문 순이네
백일홍집 할머니
돌담집 뚱뚱이 아줌마
매일 모여
수다 보따리

식구 많은 언년이네
빨리 어울리고 싶어
젖은 손 닦으며
뛰어 와
호호 하하

일 나가는 양복쟁이도
빙긋 웃음 날리는
골목길
강아지들 덩달아
껑충껑충

장날

명순 아버지
황소마차 끌고 장에 가시면
동네 사람 무거운 보따리
모두 싣고
소풍길처럼 줄 서는 날

언제나
따라 가고 싶은 장터
뻥튀기 소리 약장사 소리
북적북적 사람 사는 소리
너무 멀어 떼놓고 다니는
어른들 야속하기만 했지

애타게 기다려지는 하루
노을 질 무렵이면
동구 밖 바라보며
엄마의 손 궁금했지
과자 봉지라도 들고 오시면
더없이 행복했지

밥

영순이네 많은 식구
멍석 위에 둘러 앉아
보리 죽 먹는 날

어린동생 쌀밥 먹고 싶다
투정부리다
무서운 아버지한테
쫓겨나고

가슴 아픈 엄마
눈시울 적시며
동생 업고
밖으로 나갔지

보리밥이라도 한번
실컷 먹어보고 싶던
어린 시절

막다른 집

두부장수 순이네가 살았지
골목길 막다른 집

순이 엄마 새벽이면 두부 만드셨지
식구들 모두 일찍 일어나 엄마 도와
두부 만들 때
순이는 막내 동생 업고 밥을 했지

열심히 산 덕분에 부자 되어
마당 넓은 시골집으로
이사했지

두부만 보면 생각나는 순이네 집
순이엄마 다리는 아파도
얼굴엔 행복 가득

그 골목길은 지금도
순이네 집 추억이 쌓여 있지

얄미운 전깃불

전깃불 처음 들어오던 날
동네사람 모여서 좋아라 소리치며
등불 숫자대로 모두 켜놓고
아이들은 골목을 뛰며 환호하고

동네 가운데 우리집 텔레비전 들어오던 날 마을 사람 모두
모여 신비한 세상에 취해 늦은 밤까지 함께 보냈지 날이며
날마다 텔레비전 시작도 하기 전에 저녁이면 대문 앞에 모
여든 아이들 마치 동네 무료 영화관 찾듯 하였지 매일매일
신기한 세상을 만나며 아이들은 천국인 듯 돌아갈 줄 몰
랐지 냉장고 구경도 처음 한다며 신기한 듯 얼음 만지고
얼굴에도 문질러 보며 웃음으로 가득 찼던 친구들 동산에
서 뛰어 놀던 그 친구들 텔레비전 앞으로 모이며 숨바꼭질
도 사라지고 밤이면 모두 모여 별을 세던 동산에 별밭 이
루던 은하수도 다 어디로 갔는지

오롯이 순수한 그 많던 친구들
종알종알 달밤 별밤 정다웠던 그 시간들
전깃불에 다 빼앗겼네
그리워라 그리워라

모내기

모심는 아침이면 유난히 큰 할아버지 기침소리
빨리 서두르라는 말씀이지
부엌은 밥 짓고 반찬 하느라 더욱 분주해지고

밥 광주리 국솥 광주리 막걸리 이고 들고 곡예 타는
아줌마들의 논두렁 행렬 나도 물주전자 들고 아슬아
슬 강아지들 신이 나서 뛰다가 논길에 미끄러져 첨벙
첨벙 밥 온다는 소리에 멀리 보이는 아저씨들 광주리
행렬 보고 신이 나셨지 모내기 철 논두렁의 정경 맛있
게 먹는 아저씨들 모습에 침이 절로 났지 일 년 농사
처음 시작이라 온갖 정성 다 들이시는 할머니의 소원

해질 녘 촘촘히 심어진 모를 보며
흡족해 하시는 할아버지 할머니
덩달아 노을도 우리를 감싸며 행복해 했지

보리밥

어린 시절 수업이 끝난 후
친구집에 놀러 갔었지
소쿠리 덮어 놓은 보리밥 한 공기
친구의 점심이었지

친구는 한 수저 떠서
내 손에 얹어 놓았지
어쩔 수 없이 먹었지
또 한번 주는 걸 받지 않았지
더러워서 그러냐고 하면서
섭섭해 하는 친구
거절할 수 없어 또 받았지

가난을 천직처럼 알고 지낸
그때 그 시절
아련한 그리움만 남아있는
보리밥 한 공기

슬픈 안개

짙은 안개는 그녀를 감추어 버렸지

새벽 속을 떠난 숙이엄마
혀를 차며 동정하는 동네 아주머니들
숙이 울며불며 엄마를 찾았지만
안개 속에 숨어버린 엄마의 눈물은
온 동네를 촉촉이 적셨지
돈 벌면 꼭 온다고 약속하며 떠난 엄마를
입술 깨물며 기다리다
안개만 끼면 숙이는 동구 밖을 본다
나도 덩달아 보았지
꼭 숙이 엄마가 돌아오시길 간절히 바라며
뿌우연 안개 속에 나타날 것 같아
눈을 못 떼는 슬픈 기다림

집 한 채라도 사 놓으시고
숙이를 기다리시나 보다
지금까지 안 오시는 걸 보니

11월

쌓인 곡식 보며 풍요를 느꼈지
고사떡 나눠 먹으며 행복을 느꼈지
일가친척 곡식 나누어 주며 정을 느꼈지
여름내 일하며 거둔 곡식 쌓여진 곳간 보며 흡족했지
11월이면 언제나 느끼는 풍성함

장에 가는 아주머니들 장보따리 이고 가는
머리는 무거워도 발걸음은 가벼웠지
처녀총각 시집 장가도 이 달에 많이 있었지
왠지 마음도 넓어져 친구들과 더욱더
다정했지

아, 가을!

배고픈 시절
그나마 가을걷이로 여유가 생겨야
좀더 많은 학생 데려갈 수 있는 학교의 배려로
수학여행은 항상 이때쯤이었지
그래서 순이도 함께 할 수 있었지

가을의 끝자락 11월의 노래를
나지막이 불러 본다

9월의 그리움

국민학교 5학년 여름방학 개학 날
옥분이가 보이지 않았지
나이는 서너 살 많았지만
한 반 친구로 친하게 지냈지
그 동네 친구에게 물어보니
서울 잘 사는 친척집에 일하러 갔다네
처음으로 이별을 알았지

옥분이가 너무 보고 싶어 추석을 기다렸지만
소식이 없었지
서울에서 한복 곱게 입고 나타나는 꿈도 꾸었지
청계천에 산다는 소식 들었지
어디쯤인지 손님이 오면 물어보기도 했지

머리 하얗도록 만나지 못한 옥분이
철물점 하는 신랑 만나 잘 산다는 이야기 들었지
잘 살고 있으리라 믿었지
가끔 생각나는 친구 중에 한 사람이지

밥 훔쳐 먹는 날

커다란 양은 양재기
몰래 들고
친구들과 도둑고양이 걸음을 하며
한 집에 들어갔지
깜깜한 부엌에서 덜거덕거리다 들켜
동구밖까지 숨을 헐떡이며 도망갔지

밝은 달을 뒤로 하고
서성이다 집으로 돌아왔지

어른들이 원망스러웠던
그때 그 시절
다시 올 수 있다면
나물 골고루 담고
밥 한 솥 해서 부뚜막에 올려놓고
어여 가져가라고
맛있게 먹으라고
할 텐데 할 텐데

밥이 귀한 그때
그럴 수밖에 없었지
가슴 속 절절한
그 시절의 추억

잔설

동네 마당
뻥튀기 아저씨 기계와 장작 몇 개비
내려놓고 준비한다
할머니 졸라 옥수수 들고 나온 아이들

뻥튀기 시작한다
뻥이요!
귀를 막고 개구쟁이들
흩어진 강냉이 주워 먹기 바쁘다

끝나고 기계를 지게에 올리면
기계 밑에 잔설처럼 숨어 있던
강냉이

좋아라 소리치며
맛있게 먹던 추억
가슴 한 켠 하얀 잔설의 추억

쑥개떡

쑥떡쑥떡
봄놀이 삼아
묵은 속내 뜯는다

쑥떡쑥떡
아줌마들 똑같은 속내
보따리로 풀어 놓으며
버무리를 빚는다

그러다 보니
사랑도 슬쩍
꾹꾹 찍어 낸다

속내풀이 맛있게 나누며
하나 되는 봄떡
쑥떡쑥떡

김장하는 날

"묵은 김치맛이 훨씬 맛있네."
"아냐, 갓 묻혀 낸 햇김치맛이 훨씬 맛있지."

묵은 김치는 본마누라 맛이고
햇김치는 첩의 맛이라나
두 분이 옥신각신 하는 사이
점심밥을 먹으며 갓 무친 김치가 있건만
묵은 김치만 손이 간다

아무리
햇김치가 맛있어도
묵은 김치맛만 못하다

메주

가마솥에 하루 종일 푹푹 삶은 콩
절구에 찧어 네모난 틀에 넣고
꾹꾹 밟아서 찍어낸 메주덩이
엄마의 삶도 꾹꾹 밟는다

새끼줄 묶어 처마밑에 매달았지
할머니 올려다 보시며 흡족해 하셨지
새봄에 고추장 된장 맛을 기대하셨지
메주 쑨 날 방안은 유독 따뜻했지

우리는 메주콩을 먹으며 뒹굴뒹굴
엄마의 메주 솜씨는 예술이었지
영이네 조카를 보고
동네 사람들 메주덩이 같다고 했지
험한 세상 단단히 살라고 꾹꾹 밟았지

5부

나도 살고 싶어
어제 약 한 봉지 먹었지

죽여 살려

마루에 벌레 한 마리
꿈틀꿈틀
징그럽게 기어간다

빗자루 들고
잠시 망설인다
얼마나 살고 싶을까

나도 살고 싶어
어제 약 한 봉지 먹었지

살며시 쓸어 담아
잔디 위로
잘 살아라

내가 원하는 세상은

그게 아니었는데
그것이 아니었는데

돈 때문에 부모 잃고
사랑 탓에 친구 잃고

그것이 아니었는데
그게 아니었는데

내가 원하는 세상은
흐르는 샘물에 손 담그며
미소로 종알종알

진달래꽃 입 속에
파릇파릇 새싹도
너 하나 나 하나
오래 오래

봄눈

1.
봄바람 타고
휘모리휘모리 날리다
애달픈 마음만 남기고
평생 지워지지 않는
아련함 남겨놓고
떠나버린 짝사랑 같은
봄눈

2.
늦게 온 손님 반가워
손을 내밀었죠
살짝
온기 머물기도 전에
떠나는 당신

또 오시려거든
긴 꽃분홍 치마
둘러 입고
마음에만 말고
찻상 앞에도 머무시오

봄나물

수줍은 냉이
땅에 엎드려 방끗
꽃다지는 부끄러워
고개 숙이고
씀바귀는
땅속에서 빼꼼

키 큰 달래 먼 산
봄소식 전하고
반가운 친구들
인사 나누며
여기저기
큰 선물 풀어주네

마무리

잘 해야지 잘 해야지
또 그때가 왔나 보다
항상 같은 말
마무리만은
잘 해야 된다고 되뇌지만
후회로 끝나고 만다

새 달력엔
또다시 새로운 각오와
희망을 담는다
잘 살아야 된다는
약속 아닌 약속

아무 생각 없이 지내볼까
후회 없는 마무리는 없겠지

미용실에서

예뻐지기가 어디 그리 쉬운가
젊음을 사기가 어디 쉬운가

희망을 품는다
꿈꾸는 소녀가 된다

독한 약냄새 마다 않고
오직 인고의 기다림으로

잡아 당기고 말고 돌리며
무거운 관 뒤집어 쓰고

예뻐지기가 어디 그리 쉬운가
젊음을 사기가 어디 쉬운가

유월

뻐꾸기도 유월이 한창이라는데
우리 농부의 한창은 언제 오려나

뻐꾹 뻐 뻑꾹
유월을
구가하는 노래

봄 농사 얼추 정리된
논밭 보며 한숨도 잠시
노심초사 장마를
대비하는 농부의 마음

뻐꾸기도 유월이 한창이라는데
우리 농부의 한창은 언제 오려나

칠월

사랑의 하늘이 열리던 날
그해 여름은 더욱 더 뜨거웠지
초로록 초록
스물셋 짙어가던 칠월
할머니는 시집을 가라고 하셨지

우거진 젊음과 함께
사랑도 녹음으로 물들어갔지
짙은 칠월에
초로록

이것도 농사라고

뉴스를 본다
비가 온단다
세상은 메말라 간다

몇 번이나 지나치는 비소식
심어놓고 한 번도 적셔보지 못한 옥수수
바라보기 민망스럽다

이렇게 기다림이
먼 동구 밖 그림자처럼
애태워본 적 있었던가

배추벌레

아삭아삭
어제보다 구멍이 더 커졌네
배추가 맛있나 보다
큰 구멍 작은 구멍 예술이네

쉴새없이 움직이는 걸 보니
너의 세상도 바쁜가 보다
부지런함이 주인 닮았네
아삭아삭

가을 햇살 한 자락
배추밭에 내려 앉아
닮아가는 주인과 배추벌레
흐뭇히 안아주네

여름의 끝자락

매미 소리 우렁차다
마지막 정열을 뿜는다
잘 살았노라고

한여름 참외장사 하느라
땡볕에 살 태우던 아저씨
끝물 참외 하나 더 건지려
땀방울 송글송글

매미의 한생
농부의 가슴까지 적시며
생의 마지막 노래하고 있다
잘 살았노라고

체중기

아,
너무 많이 나가네
왜 그리 많이 올라가지

사람들은 체중기가 무게를
올리는 양 말하곤 한다

솔직한 체중기

사람은 보고 싶은 것만 본다
욕먹는 체중기는 무죄다

벚나무

저수지 옆 벚나무
겨울도 좋은가 봐요
아무리 추워도
꼼짝 않고 서 있어요
눈이 와도 꼼짝 않지요

비가 오면 방긋 웃지요
봄이 오면 더욱 좋은가 봐요

많은 꽃을
꼬옥 품고 있다가
준비 땅처럼
터트리나 봐요

창 너머 나무

어제는 웃더니 오늘은 새촘
어싯어싯
며칠 인사 안 했다고
삐쳤나 보다

한 뼘쯤 더 자란 것 같은데
사춘기 소년처럼
비싯비싯 수줍어하네

바람만 보면 춤을 추는 너는
바람을 무척 좋아하나 보다
수줍음 어데 가고
덩실 더덩실
술 드신 할아버지 닮았네

겨울 안개

추위에 가려진 흰눈처럼
보일 듯 말 듯한 하얀 솜자락에
어린 새색시의 발자국
새신부는 두려움을 안개 뒤에 감추며
새로운 삶이 시작되는 날
남의 집 어설픈 환경을 사랑으로 바꾸려고
겨울 안개처럼 차가운 입김을 내뿜는다
그를 바라보는 모든 이들
말없이 등을 토닥여준다

점점 밝아지는 새색시의 얼굴이
핑크빛으로 물든 것은
아침 노을 때문이 아니다
가슴 한 켠에서 솟아 오르는 희망
어떤 추위도 밀어낼 수 있는 사랑
새색시의 겨울은 안개처럼 은은하다

나의 12월

겨울이 흠뻑 취한다
파들파들 어린신부가 웃는다
친정 시부모님 결혼달이라 밀리고
농사철이라 밀리고
사주 삼재 시향 제사로 밀려
한해의 맨 꽁지 섣달 그믐에
가장 기뻐야 할
신부의 미소는 맑게 빛나지만
낯선 집으로 향하는 신부의
설렘은 살짝 두렵고 슬프기도 하다

어떻게 아는 걸까 남들은
행복이 무엇인지
그 날의 기억은 가물거리는데
어느 새 사십여 년
이젠 무뎌진 삶의 그림자
그립기만 하다
나의 12월은
지금도 파드라니 떨던
하얀 웨딩드레스에 올올이 쌓여 있다

안홍지 추억

겨울방학
방죽 지날 때
빨간 스케이트 타는 친구
무척 부러웠지

얼음판 위를 스치는
스케이트는 읍내에서
가장 큰 가겟집 딸
집에 와선
이유 없이 반항했지

꿈속에서도 갖고 싶었던
빨간 스케이트
안홍지 지날 때면
생각나는 그 친구
지금은
무엇을 할까

이천장터 진전골목

많이 기다렸지
닷새에 한 번씩
장이 서는 진전골목

방과 후 장터에서
가끔 만나는 엄마
복잡해도
금방 찾을 수 있었지

호떡 먹으며
행복했지
엄마는
정말
호떡이 싫었을까

아,
하늘나라 가서야
갚을 수 있을까

중앙통시장

주부들 만나는 사랑방이었지
시장바구니 들고
저녁 짓기 전 사랑방에 가면
이웃 친구 아줌마들
서로 반기며 소식을 주고 받았지

가끔 통닭집에 모여 한 마리씩 뜯으며
시집살이 애환 달래기도 했지
새로운 요리법도 많이 배우고
덩달아 반찬거리 많이 준비했지

정감을 주고 받던 사랑방
큰 상점에 밀려 쓸쓸해지는 풍경
아쉽기만 하지
젊은 날의 추억과
옛것이 그리웁기만 하지

내가 사는 중앙통

오래오래 전부터
바꾸고 바꿔 새로움 만드는
시간의 노고
낡은 사진 속 전설처럼

주인들의 세대교차
몇 개 남지 않은 낡은 건물
아직도 세월을 버티며
역사를 지탱한다

상인들은 희망과 함께
오늘도 부지런히
물건을 내놓는다
조금이라도 더
손님을 끌기 위해
차양을 펼치며

이천용인닭발집

새벽,
언제나 그 자리
부창부수
어언 백발이 되셨네

보이지 않는 곳엔 남편이
보이는 곳에 부인이
오십여 년 한결같이
한 키 쌓인 닭발 씻고 닦고
버무린 새벽이

이천을 넘어 전국으로
외국인도 찾아와
줄 서서 먹게 하고
맛본 사람
소문 들은 사람
찾고 또 찾게 하네

관고재래시장

시어머니 눈치 안 보고
떳떳하게 나올 수 있는 유일한
자유시간이었지

초년 주부들
저녁 준비 위해
시장바구니 들고
재래시장으로 모였지

친구들 만나는 재미 쏠쏠했지
운수 좋은 날은 통닭도 한 마리 뜯었지
서로 반찬 만드는 법도 알려주며
같은 반찬거리 준비했지
가끔은
그런 시장 보는 재미 그립다네

도예촌의 청담

도예촌의 본고장 이천에 파묻혀 보고자
장인의 보금자리 틀었다 한다

주말 부부 감수하며
홀로 머무는 외로움이
새 중에 제일 못된 새
텃새만큼 하랴

혼을 담은 탄생의 예술이 있다
섬세함과 뚝심 꺾어 돌리고 돌리는
팔뚝 근육에 줄줄 흐르는
땀줄기가 있다

손끝에 빙글빙글
우주의 혼이
하나의 탄생을 위해
불꽃의 춤으로
청담의 얼로
타오르고 있다

명가빈대떡

삼십여 년의 세월
그만이 알고 있는
참맛이 있어
하나의 전설이 되다

정열의 뜻을 세워
젊음으로 불태운
명가의 의지

그래서
그의 세월은
빛나고 있나 보다

오대양횟집

육대주마저 품고 싶은
철학이 있어

사람과 부딪힘이 좋아
정성을 담은 음식

성공을 마음에
행동으로 뜻을 이루고
지금의 오대양을 품었으니

맛있는 음식 자부심으로 예술로
인생의 성공을 맛으로

그래서
지금도 인생철학을
맛으로 이어간다

애련정

휘오리 휘오리
새 한 마리
노래한다

조용히 피어 난 수련꽃
애련정의 오후는
유난히 차분하다

눈부신 긴 오후
그냥 지나치기
못내 아쉬운가 보다

골목시인들 능수버들
수련꽃에 물들어
시 한 수 챙겨간다

법당 앞 연꽃

바람 불면
이 뭘까 이 뭘까

목탁 소리 듣고도
이 뭘까

스님 말씀에도
이 뭘까

놓치지 않는 화두
연향으로 피어올리네

시와 나

개미는 무얼 하고 있을까
닭들은 어떻게 놀고 있을까
귀뚜라미는 왜 울고 있을까

시를 배우기 시작하며
새로 사귄 친구들이다
무엇을 쓸까 하면서
주위를 살펴보면 친구가 보인다

지나치다 꽃을 보며 웃고
벌레가 기어가는 것을 보며
미소짓게 되는 시쓰기
늙어가며 뒤늦게 배우는 시쓰기
사는 날까지 열심히 쓰고 싶다

따뜻한 정 넘치는 세상을
노래하는 골목시인

이인환(시인)

1. 골목길에서 때 묻지 않은 원석처럼 빛나는 시인

골목길을 걷다 보면 그동안 보지 못했던 이웃들이 연출하는 아름다운 장면을 만나는 경우가 있는데, 그때는 마치 보물을 발견한 것처럼 발길을 멈추고 폭 빠져드는 경우가 있다. 누구에게도 알려지지 않은 깊은 산 속에서 사람들의 손때가 묻지 않은 천연의 비경(秘經)을 발견했을 때의 기쁨이 이러할까? 그때의 기쁨은 세상을 다 가진 것 같지만, 이내 그것을 널리 알려 자랑하고 싶은 마음과 그랬다가는 찾는 이들이 늘어나면서 비경이 훼손이라도 될까 봐 누구에게도 알리지 않고 혼자만 누리고 싶은 마음이 드는 것은 인지상정일 것이다.

우리집은 인당갤러리
지나다가 들리세요

누구든지 차 한잔 드립니다
사랑도 듬뿍 넣어 드려요
오늘도 내일도 기다립니다

- '서시' 전문

　'인당갤러리'는 이천 중앙통 골목길의 역사를 품고 있는 관고전통시장 내에 있는 자신의 3층 주택의 2층을 활용해서 만든 최덕희 시인만의 작은 공간이다. 주로 오지를 선택해서 세계여행을 즐기며 여행지에서 우리의 이웃과 같은 사람 냄새가 나는 물품을 볼 때마다 하나둘 구입해 온 것들을 차마 버릴 수 없어 모아서 만든 개인 '세계오지관광상품전시장'이라 할 수 있다.

말은 통하지 않지만 인상 좋은
검은 피부 아저씨에게 건네 받았지

하얀 이빨 웃어주던 아저씨들
사고 또 사고

인심 좋은 그곳
언젠간 풍족한 마을 되겠지
　- '아프리카 목각기린' 중에서

이천 원짜리 천 원에 살 때는 좋았는데
보고 또 볼 때마다 나에겐 천 원이지만
그 분에겐 만 원보다 더 가치가 있었을 텐데

왜 그때는 깎으려만 했을까
후회하며 할아버지 생각
미안해하며 방석 만지작
네팔의 할아버지 끌어 안는다

                         - '짚으로 만든 방석' 중에서

　시인은 아직 준비가 제대로 되어있지 않아 '인당갤러리'를 일반 대중에게 공개할 자신이 없다고 한다. 그럼에도 불구하고 이렇게나마 공개하는 것은 지금까지 그래왔던 것처럼 시를 사랑하고 이웃의 따뜻한 정을 그리워하는 이들이라면 부담 없이 찾아와서 흉허물없이 즐기고 가는 자리로 만들고 싶기 때문이라고 한다. 이 얼마나 아름답게 골목길을 밝히는 순수한 원석인가?

　골목길을 밝히는 원석은 '인당갤러리'만이 아니다. 오랜 세월 동안 소녀의 가슴을 적시는 시심을 꾹꾹 눌러가며 가족의 행복을 지키기 위해 가정주부로 최선을 다해 온 시인이 환갑을 넘겨 삶의 여유를 찾으며 풀어내기 시작한 시편들이 독자들의 심금을 울리며 그 아름다운 빛을 더하고 있다.

감추고 싶어도
감출 수 없어
반짝반짝 빛난다고
자랑이나 하련다
내 한 생의 선물

                         - '흰 머리' 전문

2. 세계의 오지와 우리의 골목길을 펼쳐주는 시인

　멀리서 보면 아무리 아름다운 숲도 막상 들어가 보면 큰 나무와 그 아래 작은 나무, 가시나무, 덩굴들이 엉키고 설켜 걷기조차 힘든 경우가 많다. 그래서 숲의 아름다움을 제대로 감상하려면 한 발짝 떨어져서 보는 여유를 가질 필요가 있다. 마찬가지로 지금 자신이 들어있는 곳에만 있으면 자신이 이루고 있는 아름다움 숲의 진가를 제대로 즐기지 못할 수가 있다. 한 발짝 떨어져서 객관적인 입장에서 나의 모습을 살펴볼 필요가 있다.

　이때 나를 객관적으로 보는 방법 중에 여행만큼 좋은 것도 없다. 여행으로 세상을 돌아다니다 보면 그동안 너무 가까이 있어서 보지 못했던 나의 모습을 객관적으로 볼 수가 있다. 아울러 그동안 멀리서 봤을 때는 아름다워 보이는 여행지도 막상 그 자리에 들어가 보면 사람 사는 세상이 다 거기서 거기라는 것을 알게 되고, 그렇게 자신을 객관화해서 보는 것만으로도 큰 위안을 얻어 삶의 활력을 찾을 수 있다. 세상에 나와 같은 사람이 많다는 것을 확인하는 것만으로도 세상은 누구나 살 만한 세상이라는 것을 확실히 깨칠 수 있기 때문이다.

　　땅 냄새 어디나 같은 것을
　　이리 싸우고 저리 싸워도
　　하늘 한번 쳐다 보면
　　그만인 것을

　　　　　　　　　- '여행' 중에서

구름이 내려다 봅니다
구름은 넓은 세상을 내려다 봅니다

안 보일 듯 보이는 땅위에 사람들
웃는 사람 슬픈 사람 솟은 나무 굽은 나무
해를 보는 해바라기 그늘에 자라는 이끼들
모두모두 함께 살고 있네요
                        - '구름이 내려다 봅니다' 중에서

　가까이, 또는 멀리서 자신을 보는 시간을 갖는 것은 좀더 여유로운 삶을 살기 위해 꼭 필요한 노력이다. 시인은 그 방법으로 세계의 오지를 찾아다니는 여행을 선택했다. 그리고 그렇게 찾아다니며 터득한 삶의 지혜를 알기 쉬운 일상어로 펼쳐주고 있다. 일상의 언어로 문학적 교감을 이룰 수 있게 하는 것은 시인의 인종이나 민족을 떠나 세계인을 하나의 이웃으로 보는 따뜻한 관점이 빛나기 때문이다.

지금도 필리핀 시골에 사는 제니는
육십이 다 되었지만 사랑하는 사람을 기다리고 있다
현대판 로미오와 줄리엣이라고 한다
제니 엄마는 대백작집 찬모였다
백작집 아들인 그는
미국유학을 떠나고 지금까지 그 곳에 있다
그도 아직 결혼은 안 하고 서로 그리워만 한다
                        - '필리핀 솔베이지' 중에서

국민학교 5학년 여름방학 개학 날

옥분이가 보이지 않았지

나이는 서너 살 많았지만

한 반 친구로 친하게 지냈지

그 동네 친구에게 물어보니

서울 잘 사는 친척집에 일하러 갔다네

처음으로 이별을 알았지

- '9월의 그리움' 중에서

세계화 시대에 문화의 교류에서 가장 중요한 것이 보편성과 특수성의 획득이다. '가족의 사랑, 남녀의 사랑, 이별의 슬픔, 그리움' 등이 전 세계인의 가슴을 관통하는 보편적인 정서라면, 그 보편적 정서를 이루는 구체적인 이야기가 특수성을 이룬다. 이 보편성과 특수성이 상통하는 시점에서 세계인과의 문학적 교감과 인류애는 더욱 돈독해질 수밖에 없다. '필리핀 솔베이지'에 담긴 제니의 사랑과 '9월에 그리움'에 담긴 옥분이를 향한 그리움은 필리핀과 대한민국이라는 공간적 차이를 극복하고, 사랑하는 연인을 보낸 제니와 사랑하는 옥분이를 보낸 시인이라는 인물의 특수성과 '이별의 슬픔'이라는 인류의 보편성을 획득해서 문학적 감동을 주고 있다. 여기에는 필리핀과 대한민국의 골목 문화를 관통하는 시인의 따뜻한 인간애가 담겨 있는 것이다.

준다는 것은

도움을 받았기 때문에

할 수 있는 것이다

가난은 죄가 아니므로
도움은 잠시
빌리는 것

없다 해도 없는 게 아니고
있다 해도 있는 게 아니니
삼만 리 인연만이 소중할 뿐이네
                        - '라오스 시골학교에서' 전문

해가 넘어간다
"배추 사쇼, 배추!"
탁한 목소리
별 하나 삼킨다

남아 있는
리어카 배추들
까만 하늘
별들과 바꾸었으면

                            - '배추장사' 중에서

　'라오스의 시골학교'의 아이들이나 이천 중앙통시장의 '배추
장사'를 똑같이 따뜻한 시심으로 노래하는 시인의 시편들은 세
계의 오지와 우리의 골목길에 흐르는 사람의 향내가 크게 다르
지 않음을 보여주고 있다. 세계화 시대에 차이를 인정하지 못
하고 다툼을 일삼는 이들에게 문학의 교훈적 기능을 효율적으

로 제시하고 있다.

3. 대를 이은 솔선수범의 가풍을 보여주는 가족시인

시인은 우리 시대의 여인들이 거의 다 그랬듯이 젊었을 때는 가정주부로 집안 살림과 자녀교육에 매달리다가 어느 정도 삶의 여유를 누릴 수 있는 할머니가 되면서 시를 쓰기 시작했다. 그래서인지 미사여구나 언어적 기교를 활용한 시어를 구사하기보다 일상의 언어를 활용한 어린아이도 쉽게 이해할 수 있는 소박하고 진솔한 시를 양산하고 있다. 이것은 시인이 세대 차이를 극복해야 하는 사랑하는 손주들과 진솔한 소통을 하기 위해서 먼저 동시를 쓰기 시작했다는 것을 알면 그 이유를 더 쉽게 이해할 수 있을 것이다.

비비적 비비적
바지런 바지런
땅 위에 붙여 앉아
알 낳는 연습 하나 보다

저러면서
엄마 닮아가겠죠

- '병아리' 전문

요즘 맞벌이 부부가 늘어나면서 손주들의 교육까지 책임져야 하는 할머니의 역할이 중요해지면서 조손(祖孫) 간의 소통 문제가 더욱 중요해지고 있다. 보릿고개 시대를 보낸 할머니가 인공지능 시대를 살아야 하는 손주들과 소통한다는 것은 결코 쉬운 일이 아니다. 할머니가 살아온 옛날 이야기로 아이들을 가르치려 들면 보릿고개를 이해하지 못하는 손주들과의 갈등은 피할 수 없다.

시인은 이런 점을 잘 알기에 먼저 아이들도 쉽게 이해할 수 있는 동시로 소통을 시도했다. 이래라 저래라 아무리 좋은 말을 해봤자 아이들에게는 잔소리로 들릴 수 있다는 것을 잘 알고 있기 때문이다. 그래서 아무리 좋은 말이라도 직접 들려주는 것보다 짧은 동시 한 편으로 아이들과 자연스레 공감의 장을 만들어나가는 것이 훨씬 교육적이라는 것을 잘 알고 있기 때문이다.

엄마는 밥을 하시고
우리는 식탁에서
준비하지요

아빠는 반찬 만들고
동생은 국 끓이고

나도 얼른 커서
아빠처럼 맛있는
요리하고 싶어요

- '행복한 가족' 전문

아이들에게 가장 좋은 교육은 어른들이 솔선수범하면서 아이들이 따라 하게 하면서 자연스럽게 몸으로 습관을 익히게 하는 것이다. '행복한 가족'은 시인이 가족의 행복을 위해 소통의 도구로 활용하는 시의 묘미를 잘 보여주고 있다. 이 시는 따라 배워야 하는 아이뿐만 아니라 엄마 아빠에게도 지금처럼 잘 하면서 자식들에게 모범을 보이라는 메시지도 담고 있다. 사람의 마음을 움직이는 소통의 도구로 더할 나위 없는 한 편의 시가 갖는 힘을 잘 보여주고 있다.

할머니 안쓰러워 투욱 따신다
애기 한 입 물고
퉤퉤 으앙
떫은 맛 확실히 알았겠지

백 마디 말보다
경험 한 번 시켜주느라
애기 울린
할머니 마음도 떫다

- '땡감' 중에서

요즘 가정교육의 가장 큰 문제는 어른들이 아이들을 너무 온실에서만 키우려고 하는 것이다. 아이의 인생을 위해서는 스스로 실패경험도 하게 해야 한다. 그런데 지나치게 자녀를 사랑하는 젊은 부모들이 자녀에게 실패경험보다는 달콤한 열매만 따서 먹여주다 보니, 인생의 쓴 맛을 경험할 틈이 없는 아이들이 그렇게 자라서 연약한 성인이 되면서 작은 시련에도 쉽게 무너져 내리는 것을 볼 수 있다. 시인은 이런 문제를 잘 알기에 '땡감'이란 시를 통해 진정으로 아이를 사랑한다면 잘 소통하면서 실패경험, 즉 인생의 쓴 맛을 직접 맛보게 하면서 아이를 키워야 한다는 올바른 교육의 방향을 잘 전해주고 있다.

> 아가 손에 쥐어준 숟가락
> 입에 넣으려면
> 밥은 바닥에 떨어지고
> 빈 숟가락만 입에 들어가요
> 엄마 한번 보고 빈 숟가락 물고
> 형아 한번 보고는 그만 울지요
> 얼마나 연습을 더 해야 할까요
> 걸음마처럼
>
>   - '걸음마처럼' 전문

걸음마를 배우려면 3천 번 가까이 넘어져야 한다고 한다. 시인은 이것을 잘 알고 있기에 '걸음마처럼' 실패경험도 소중한 자산으로 받아들여야 한다는 것을 형상화시켜서 보여주고 있다. '땡감'과 일맥상통하는 시인의 어릴 때 부모로부터 물려받은 할머니의 지혜가 담긴 가정교육의 전형을 잘 보여주고 있다.

> 꽃같이만 예쁘게 살아라
> 꽃같이만 아름답게 살아라

어미의 소원 담으며
한 잎 한 잎
사랑의 기쁨 담아
딸들의
행복도 함께

꽃같이만 예쁘게 살아라
꽃같이만 아름답게 살아라

- '진달래 화전' 전문

　시인은 철마다 어머니로부터 전수한 전래음식을 빚어 가족은 물론 이웃들에게 아낌없이 나누고 있다. 시인이 빚어준 전래음식을 하나라도 먹어본 사람은 안다. 시인이 그 음식 하나를 만들기 위해 들인 정성과 사랑을.
　'진달래 화전'은 그 중에 하나로 봄에 나누는 가족사랑의 음식이다. 비록 '~아라'는 명령형 어미를 활용하고 있지만, 독자에게 결코 명령형으로 들리지 않는다. 명령형 어미가 향하는 곳은 독자가 아니라 시인 자신이고, 그 마음으로 '진달래 화전'을 빚어 사랑을 이어지는 솔선수범을 보이고 있는 까닭이다.

　"아무 소리 하지 말아라."
　때마다 답답했던 그 한 말씀

　아버지, 저 사람은 왜 일을 저렇게 해요
　왜 저 사람은 저런 말을 해요

나 억울해서 저 사람하고 싸울 거야

그때마다 아버지 말씀
"아무 소리 하지 말아라."
답답했던 그 한 말씀
이제야 알겠습니다

- '아버지 말씀' 중에서

　　이 시는 시인이 어렸을 적 아버지가 밥상머리 교육으로 들려
준 말씀을 소환하고 있지만, 이는 시인의 자녀와 손주, 그리고
시인을 아는 이웃들에게 고스란히 삶의 교훈으로 전달하고 있
다. 부모로부터 물려받은 솔선수범의 사랑의 가풍을 후손에게
고스란히 이어주는 모범을 보이고 있는 것이다.

4. 소통과 힐링의 시로 골목길을 밝히는 시인

먹이만 있으면
꼬꼬 꼬꼬
새끼들 부르지

겸상 아니면 먹지 않는
암탉 가족
꼬옥 우리 엄마 닮았지

- '겸상' 전문

꽃 한 송이 떨어졌다
벌가족 모여
두레상 차렸다

와왕 왕
벌처럼 일하면서
왕처럼 먹으라고
두레상 차리던 엄마처럼
와앙 왕 왕 왕

- '두레상' 중에서

시는 '아!' 하고 감탄사가 나오게 하는 비유와 상징을 활용한 독창성을 접할 때 그 묘미가 더욱 커진다. '겸상'과 '두레상'은 독창적인 비유와 상징으로 독자의 감탄을 자아내며 훨씬 효율적인 소통을 하게 한다. '겸상'과 '두레상'에 담긴 엄마의 사랑이 독자의 가슴에 더욱 선명하게 새겨지는 이유가 여기에 있다.

어디 이뿐인가? 창작론적 관점에서 이와 같은 시상을 떠올렸을 때 시인 스스로 느끼는 쾌감은 어떠했겠는가? 이때 시인이 느꼈을 창작의 희열은 삶의 큰 힐링을 줄 것이고, 그 효과는 그 어떤 약으로도 대체할 수 없을 것이다. 소통과 힐링의 시를 창작하면서 시가 독자와의 소통은 물론이고 창작자 자신에게 주는 힐링의 효과가 얼마나 좋은지 이처럼 실감나게 보여주는 것도 없을 것이다.

예뻐지기가 어디 그리 쉬운가

젊음을 사기가 어디 쉬운가
희망을 품는다
꿈꾸는 소녀가 된다

독한 약냄새 마다 않고
오직 인고의 기다림으로
　- '미용실에서' 중에서

몇 번이나 지나치는 비소식
심어놓고 한 번도 적셔보지 못한 옥수수
바라보기 민망스럽다

이렇게 기다림이
먼 동구 밖 그림자처럼
애태워본 적 있었던가
　　　　　　- '이것도 농사라고' 중에서

　시인은 소통과 힐링의 시가 추구하는 '수신제가치국평천하'
의 효용론적 관점을 잘 살리고 있다. 먼저 자신을 돌아보며 힐
링을 즐기는 도구로, 가족과 소통하는 도구로 시를 활용하면
서 점차 그 영역을 밖으로, 세계로 확장해나가고 있다.

　마루에 벌레 한 마리
꿈틀꿈틀
징그럽게 기어간다

빗자루 들고
잠시 망설인다
얼마나 살고 싶을까

나도 살고 싶어
어제 약 한 봉지 먹었지

- '죽여 살려' 중에서

　미물인 벌레 한 마리의 생명에도 애지중지하는 자신의 삶만큼 소중하다는 것을 자각하는 일상의 모습에서 감탄이 절로 터져나오게 하는 시들이 뇌리에 강렬한 여운을 남긴다. 시인의 시들이 비유와 상징을 활용한 독창성과 창의성을 적절히 획득하고 있기에 얻을 수 있는 문학적 쾌감을 주고 있는 것이다.

개장 위엔
하얀 박꽃이 피어 있다

보는 이 없는 밤에
나 좀 봐 달라고

- '박꽃' 중에서

　시인의 시는 솔선수범하는 할머니로서 손주와 소통하기 위한 동시로 출발한 것이 '수신제가'에 해당한다면, 이제 그 영역을 확장해서 지역과 세계의 골목을 연결시키는 노력은 '치국평천하'에 해당한다는 것을 알 수 있다.

시인은 '평천하'의 기반은 먼저 '수신제가'를 한 후에 주변에 있는 이웃들에 대한 따뜻한 관심과 사랑을 갖는 것이 중요하다는 것을 잘 알고 있다. 아울러 세계화 시대의 문학이 지향해야 할 가장 개인적인 것이 가장 세계적인 것이다라는 것도 잘 알고 있다.

이제 시인은 '평천하'의 기반인 '치국'의 단계로 시인이 나고 자란 이천이라는 지역에 대한 관심과 사랑을 쏟고 있다. 이천의 문인으로서 '가장 이천적인 것이 가장 세계적인 것이다'라는 것을 실천하기 위해 골목시인회 활동을 통해 가장 이천적인 모습을 보여주는 이천의 이야기를 시로 형상화시키는 일에 심혈을 기울이고 있다.

휘오리 휘오리
새 한 마리
노래한다

조용히 피어 난 수련꽃
애련정의 오후는
유난히 차분하다

눈부신 긴 오후
그냥 지나치기
못내 아쉬운가 보다

골목시인들 능수버들
수련꽃에 물들어

시 한 수 챙겨간다

- '애련정' 전문

이천의 문화는 가장 이천적으로 이어져야 한다. 이천의 명소인 '애련정'을 사랑하는 방법은 옛건물을 사랑하고 보전하는 것에만 있는 것이 아니라, 옛 선비들이 시로 풍류를 즐기던 '애련정'의 정신을 이어받는 것이어야 한다.

시인은 이런 것을 잘 알기에 '애련정'에서 선조들의 정신을 이어받아 시 한 수 챙겨가는 모습을 생생하게 보여주고 있다. 그리고 이것을 더욱 확장해나가면서 더 많은 사람들이 이천에 관심과 사랑을 가질 수 있도록 이천의 골목골목에 이야기를 시로 노래하고 있다. 시인의 시에 가장 이천적인 지역의 명소들이 많이 등장하는 이유가 여기에 있다.

겨울방학
방죽 지날 때
빨간 스케이트 타는 친구
무척 부러웠지

얼음판 위를 스치는
스케이트는 읍내에서
가장 큰 가겟집 딸
집에 와선
이유 없이 반항했지

- '안흥지 추억' 중에서

가장 이천적인 시인의 시는 동시대를 살아온 독자들에게는 아련한 향수를, 후세의 사람들에게는 역사의 생생한 삶의 모습을 보여주는 보물창고의 역할을 충실히 해내고 있다.

그러면서 시인은 끊임없이 시의 세계를 더욱 넓혀나가고 있다. 세계 오지의 골목길을 누비는 이유도 여기에 있다.

개미는 무얼 하고 있을까
닭들은 어떻게 놀고 있을까
귀뚜라미는 왜 울고 있을까

시를 배우기 시작하며
새로 사귄 친구들이다
무엇을 쓸까 하면서
주위를 살펴보면 친구가 보인다

지나치다 꽃을 보며 웃고
벌레가 기어가는 것을 보며
미소짓게 되는 시쓰기
늙어가며 뒤늦게 배우는 시쓰기
사는 날까지 열심히 쓰고 싶다

- '시와 나' 전문

세계적으로 백세시대를 맞아 젊었을 때는 생업에 종사하다가 늦은 나이에 취미로 시작한 문학창작 활동을 통해 불후의 명작을 남기는 이들이 늘고 있다. 삶의 풍부한 경험과 실전으로 터득한 삶의 지혜가 빛나는 작품을 선보이면서 얻는 선물일 수 있다. 시인의 시를 대하는 자세를 잘 보여주는 '시와 나'가 시인의 미래를 밝혀줄 것이라 믿는다.

칠순을 앞두고 첫시집을 선보이는 시인의 미래가 더욱 기대되는 것은 이제 눈 앞에 펼쳐지는 백세시대의 세계적인 추세이기 때문이다. 오랜 세월 동안 가정주부로 희생적인 삶을 살아오시다가 비로소 삶의 여유를 갖고 새로운 시의 세계를 펼쳐가는 시인의 모습에 찬사를 보낸다. 그동안 골목길에서 때 묻지 않은 원석으로 남아 있던 시인의 시편들이 이제 세계를 비추는 따뜻한 햇살로 빛나기를 기원해 본다.

■□ 후기

어느 날
조용한 호수에 돌을 던진 아이가 있었습니다
아이는 그저 웃으며 호수를 수놓는
동그라미를 바라보며 즐거워했습니다
나도 덩달아 즐거웠답니다
그렇게 단순한 모습이 좋아서 웃었습니다
어찌 보면 아주 사소한 일이지만
그처럼 작은 일에도
행복하게 웃을 수 있다는 것이 좋았습니다.

내 주위의 친구들 친척들 가족들
모두 모두 그러한 웃음을 가졌으면 좋겠습니다
미흡하고 졸필인 저의 글이
모든 분들에게 차분히 스며 들었으면
그랬으면 좋겠습니다
모두를 사랑하겠습니다

그저 말없이 하는 대로 지켜보는 가족이 있어 든든합니다
감사할 뿐입니다

소통과 힐링의 시 19

꼬옥 우리 엄마 닮았지

초판 인쇄 | 2021년 2월 10일
초판 발행 | 2021년 2월 15일

지은이 | 최덕희
펴낸곳 | 출판이안

펴낸이 | 이인환
등 록 | 2010년 제2010-4호
편 집 | 이도경, 김민주
주 소 | 경기도 이천시 호법면 단천리 414-6
전 화 | 010-2538-8468
인 쇄 | 세종피앤피
이메일 | yakyeo@hanmail.net

ISBN : 979-11-85772-83-7(03810)

값 11,500원